L'ART

DANS L'INDUSTRIE

PAR

A. ROGER

Lu à l'Académie d'Amiens.

AMIENS.
TYPOGRAPHIE H. YVERT,
RUE DES TROIS-CAILLOUX, 64

1875

L'ART

DANS L'INDUSTRIE

PAR

A. ROGER.

Lu à l'Académie d'Amiens.

AMIENS.

TYPOGRAPHIE H. YVERT,

RUE DES TROIS-CAILLOUX, 64.

—

1875

A Madame la Vicomtesse

DE RAINNEVILLE.

Les écrivains, autrefois, ne livraient leurs œuvres à la publicité qu'après les avoir soumises et dédiées aux hommes les plus puissants ou aux dames les plus célèbres, et il est fort intéressant, à ce sujet, d'observer avec quelle délicatesse de style et de langage ils énuméraient les vertus, l'esprit, la grâce et les charmes des dames de haut mérite dont ils sollicitaient l'appui et la protection bienveillante.

Depuis longtemps, Madame, je désirais aussi, suivant l'ancien usage, inscrire votre nom sur l'une de mes brochures artistiques ; mais, les exigences de la dédicace m'obligeaient à énumérer vos qualités exceptionnelles et la sympathie particulière que vous inspirez à ceux qui vous approchent ; redoutant, alors, de froisser votre modestie, j'ai dû renoncer à cette forme littéraire et résumer toutes ces choses dans une seule phrase en disant : je dédie cet opuscule à la dame la plus charmante et la plus aimable de notre époque :

A Madame la Vicomtesse

DE RAINNEVILLE.

Par son serviteur le plus respectueux et le plus dévoué,

A. ROGER.

Amiens, 1875.

L'ART

DANS L'INDUSTRIE

Lorsqu'à son apparition sur la terre, l'homme fut livré, sans défense, aux attaques des animaux carnassiers et aux dangers d'une végétation luxuriante lui offrant, sous des apparences également tentatrices, les fruits nécessaires à sa subsistance, et les plantes les plus vénéneuses ; il ne possédait, pour braver ces obstacles et se soustraire à ces périls, que l'intelligence et le génie : mais cette intelligence et ce génie furent si puissants, qu'ils lui suffirent pour vaincre et asservir tout ce qui vit et végète sur le globe terrestre.

Le premier acte intellectuel de l'homme fut la création de l'industrie. Il arracha un arbuste qu'il convertit en massue, une branche d'arbre dont il fit une lance, un arc, des flèches ; et, armé de ces instruments imparfaits, il dompta les animaux les plus redoutables ; il se nourrit de leur chair ; il se couvrit de leurs dépouilles ; il les soumit au joug et les força à supporter les travaux les plus pénibles : puis, s'attaquant au sol, il le violenta par l'agriculture, l'obligea à modifier sa végétation, à produire les graines destinées à sa nourriture et les fruits dont le goût et le parfum flattaient le plus agréablement ses sens.

L'industrie de l'homme se développant sans cesse, il voulut plus encore ; il fouilla profondément dans le sein de la terre ; il en arracha le fer dont il forgea des armes et des instruments aratoires ; l'or et l'argent dont il s'enrichit et fit sa parure, le marbre et la pierre dont il construisit ces palais immenses de l'Inde, de l'Egypte, de la Grèce, de Rome et de nos temps modernes. Puis, avançant toujours, il perfectionna le travail et devint manufacturier ; il utilisa la force de l'eau et du vent ; il régla la puissance de la vapeur qu'il adapta à ces machines ingénieuses enfantées par l'art de la mécanique ; il asservit la mer ; il s'éleva dans les airs ; par l'électricité, il anéantit la distance et transmit instantanément sa pensée aux points les plus extrêmes du monde.

En présence de ces productions de l'intelligence et du génie humain, la pensée s'égare et n'ose prévoir ce que la science et l'industrie pourront enfanter de plus merveilleux dans l'avenir.

L'industrie est la manifestation incontestable de la supériorité de l'homme sur tous les êtres organisés.

L'industrie est l'un des éléments les plus puissants qui ont aidé à la civilisation des peuples.

Les instruments les plus primitifs de l'industrie humaine, parvenus jusqu'à nous, sont des haches, des pointes de flèches, des lances et des couteaux de silex taillés par éclats et non polis : ces instruments, trouvés dans les terrains diluviens, sont antérieurs au déluge. Il serait impossible d'assigner une date certaine à l'origine de ces objets dont les incrustations et l'émail, produits par la succession des siècles, dénotent un séjour considérable sous la terre ; aussi, ne les désigne-t-on communément que sous le nom d'antédiluviens ou de l'âge de pierre.

Un autre âge de pierre fournit aussi des instruments de même nature, mais moins anciens ; ils proviennent des populations celtiques venues dans nos contrées à une époque si reculée que l'histoire n'en peut fixer la date précise. Les haches celtiques sont polies et de formes plus allongées que les haches antédiluviennes et, par la régularité de leurs formes, elles accusent un commencement de travail industriel plus parfait : elles s'emmanchaient par le petit bout dans une corne de cerf. Quelques unes de ces haches, garnies de leurs montures originaires, sont conservées dans les musées et les collections particulières : on les découvre généralement dans les terrains alluviens, postérieurs au déluge ; elle ne sont point altérées par les concrétions ou recouvertes d'émail, comme la plupart des haches antédiluviennes.

Il y a encore une autre époque de pierre, dont l'existence est attestée par des constructions massives, composées de blocs énormes, rarement équarris et non cimentés, que l'on rencontre en Grèce et en Étrurie ; ces monuments gigantesques, nommés Cyclopéens, remontent aux Pélasges dont l'origine se perd dans la nuit des temps.

Puis apparaissent successivement des constructions décélant l'emploi du métal, de la pierre et du bois travaillés et révélant la progression de la science industrielle ; car la première préoccupation de l'homme, après celle de sa conservation personnelle, a été de se garantir de l'intempérie des saisons et de se procurer un bien-être relatif à sa position sociale. Il s'est réfugié d'abord dans les grottes naturelles ; il a construit des huttes de branches et de feuillages ; puis des cabanes de terre et de bois ; et enfin des maisons et des palais.

L'industrie a précédé l'art : il y a eu des maisons avant que l'architecture fût inventée ; on a fait des vases de terre séchés au soleil avant que la céramique devînt un art ; on a équarri le bois et taillé la pierre avant qu'il existât des sculpteurs ; on a appliqué les couleurs monochromes avant qu'il y eût des artistes peintres ; et, il en fut ainsi pour tous les arts.

L'origine de l'art industriel, ainsi que celle de la statuaire et de la peinture, ne peut être précisée.

L'art a dû s'introduire dans l'industrie, lors des premières opérations commerciales ; quand, pour obtenir un plus grand nombre d'objets en échange, l'industriel a reconnu la nécessité d'embellir sa marchandise.

La première mention faite de l'art industriel par le Pentateuque, dans la Genèse, est conçue ainsi : « Tubalcaïn, sixième génération de Caïn, eut l'art « de travailler avec le marteau et fut habile en « toutes sortes d'ouvrages d'airain et de fer. »

Ce qui constitue l'art industriel ce n'est pas seulement la science du dessin artistique, c'est encore l'invention, l'ensemble, la correction et l'exécution d'un travail quel qu'il soit.

Lorsque, pour l'embellissement d'une arme, d'un meuble, d'un vase ou de toute autre production de l'industrie, on emploie le dessin, la sculpture, on fait de l'art industriel

Quand, sur une étoffe, sur un papier peint, on reproduit des êtres animés, des fleurs, des ornements, on fait de l'art industriel.

Lorsque, par des formes nouvelles, on embellit des ustensiles, des objets d'utilité usuelle, quoique ces formes n'aient aucun rapport avec les règles artistiques proprement dites, cela néanmoins est de l'art industriel.

L'art industriel n'a point de limites créatrices ; il s'inspire de toute espèce de choses ; il est guidé par les exigences et les besoins du temps : souvent les produits de cet art, considérés comme une création délicieuse dans un certain lieu et à une certaine époque, sont regardés comme ridicules et manquant de goût, peu de temps après ou même immédiatement dans les contrées les plus rapprochées.

Le luxe et l'orgueil des hommes, le goût et la coquetterie des dames, ont été les causes les plus actives de l'introduction de l'art dans l'industrie.

Le luxe et l'orgueil de l'homme sont innés en lui ; à peine son regard affermi peut-il distinguer ce qui l'entoure, qu'il veut ce qui brille et fait du bruit ; il lui faut des hochets ; et il y en a pour tous les âges.

Aux hochets du berceau succèdent ceux de la vanité de l'habillement, de la plume au chapeau, de la première place à l'étude et de la gloire du premier prix.

Après les hochets de l'enfance viennent ceux de la jeunesse pleine de confiance et d'illusions ; puis ceux des ambitions de l'âge mûr, ambitions respectables souvent, mais qui, mal placées, quelquefois, font naître le sourire sur les lèvres du philosophe regardant passer la vie humaine.

L'orgueil de paraître est de toutes les ambitions celle qui a exercé le plus d'influence sur l'art industriel ; c'est pour la satisfaire qu'on a créé les palais et les habitations artistiques, les vêtements somptueux, les bijoux, les meubles, les modes et toutes les inutilités qui, pour l'homme riche et de loisir, deviennent des nécessités indispensables.

La civilisation développe le goût et le luxe : le

goût est relatif à la nature des peuples ; toujours il est conventionnel : et, si on consulte l'histoire, il est facile de constater qu'à toutes les époques le goût et le luxe ont provoqué des dépenses les plus excessives.

Isaïe, chap. III, 694 av. J.-C. s'exprime ainsi :

« Le Seigneur a dit encore : Parce que les filles
« de Sion se sont élevées, qu'elles ont marché la
« tête haute en faisant des signes des yeux et des
« gestes des mains, qu'elles ont mesuré tous leurs
« pas et étudié toutes leurs démarches.

« Le Seigneur rendra chauve la tête des filles
« de Sion, et il fera tomber leurs cheveux.

« En ce jour là le Seigneur leur ôtera leurs
« chaussures magnifiques, leurs croissants d'or,

« Leurs colliers, leurs filets de perles, leurs
« bracelets, leurs coiffes,

« Leurs rubans de cheveux, leurs jarretières,
« leurs chaînes d'or, leurs boîtes de parfum, leurs
« pendants d'oreilles,

« Leurs bagues, leurs pierreries qui leur pendent
« sur le front,

« Leurs robes magnifiques, leurs écharpes, leurs
« beaux linges, leurs poinçons de diamants,

« Leurs miroirs, leurs chemises de grand prix,
« leurs bandeaux et leurs habillements légers
« qu'elles portent en été.

Ézéchiel, chap. XVI, 599 av. J.-C. dit :

« Je vous ai donné des robes couvertes de bro-
« deries, et une chaussure magnifique. Je vous ai

« ornée du lin le plus beau, et je vous ai revêtue
« des habillements les plus fins et les plus riches.

« Je vous ai parée des ornements les plus pré-
« cieux ; je vous ai mis des bracelets aux mains et
« un collier autour de votre cou.

« Je vous ai donné un ornement d'or pour vous
« mettre sur le front, et des pendants d'oreilles,
« et une couronne éclatante sur votre tête.

« Vous avez été parée d'or et d'argent, et vêtue
« de fin lin et de robes de broderies de diverses
« couleurs, etc.

Jérémie, 630 avant J.-C. dit aussi :

« Quand vous vous revêtiriez de pourpre, quand
« vous vous pareriez d'or et de tous vos ornements
« et que vous vous peindriez le visage avec du
« vermillon, vous travailleriez en vain à vous
« embellir. »

En lisant ces lignes des prophètes, datées de
vingt-cinq siècles, ne semble-t-il pas qu'elles aient
été écrites d'hier? et que, pour en faire une appré-
ciation critique du luxe de notre époque, il n'y
aurait qu'une seule modification à faire ; ce serait
d'y mettre la date du jour.

L'art industriel des peuples de l'antiquité
témoigne, suivant les époques, du progrès de leur
civilisation ou de la décadence de leur valeur
artistique et intellectuelle.

On a trouvé, dans les tombeaux et les monuments
égyptiens, des bijoux de toute espèce, d'or, d'émail,
d'ivoire, d'argent, et garnis de pierres fines ; des

instruments de toutes sortes, et jusqu'à des perru-
ques très volumineuses, montées sur filet, tressées,
frisées et de formes diverses.

Les historiens parlent souvent du luxe effréné
des vêtements dans l'antiquité ; ils disent : qu'il y
avait des habits de différentes couleurs, bigarrés, à
fleurs, peints et enrichis d'or, dont on faisait présent
aux eunuques, aux courtisanes et aux comédiens.

Dans les villes grecques de l'Asie les lois de
Solon défendaient aux femmes d'Athènes de sortir
de la ville avec plus de trois habits. Plaute dit
qu'elles inventèrent des modes auxquelles elles
donnèrent des noms bizarres ; tels que ceux de
leurs chiens et d'autres appellations excentriques.

Le luxe des hommes ne le cédait en rien à celui
des femmes et témoigne, par les appréciations des
auteurs du temps, du progrès des arts dans l'industrie des armes et des vêtements à différentes
époques.

Diodore de Sicile rapporte que l'habillement
choisi par Sémiramis avait tant de grâce, que les
Mèdes et les Perses l'adoptèrent.

Homère dit : « Agamemnon s'arme lui-même et
« met ses bottines qui s'attachent avec des agrafes
« d'argent ; il endosse sa cuirasse ; elle avait dix
« cannelures d'acier rembruni, douze d'or, et
« vingt d'étain ; et aux deux côtés on voyait en
« relief trois dragons qui, par la variété de leurs
« couleurs, ressemblaient à ces arcs merveilleux
« que le fils de Saturne a placés dans les nues. Ce

« prince prend ensuite sa redoutable épée, toute
« brillante de clous d'or ; le fourreau était d'argent
« et le baudrier relevé d'or, »

Darius portait un vêtement se composant d'un
manteau de pourpre sur une robe de même couleur
mêlée de blanc et, en outre du pallium ou palla.
tout brillant d'or et de pierreries, il portait une
ceinture d'or à la manière des femmes.

Pour satisfaire aux besoins du luxe des premières
nations civilisées, l'industrie fut obligée de modifier
sa fabrication primitive ; le morceau de métal
précieux, à peine dégrossi, fut transformé, par la
main de l'ouvrier habile, en bagues, en collier, en
bracelets et autres ornements unis, tordus, en fili-
granes et enfin ciselés et garnis de pierres
précieuses.

Les vêtements de peaux d'animaux furent remplacés par des étoffes grossières ; puis, par des
tissus plus fins, écrus, de couleur, mélangés d'or
et de soie, embellis de dessins, de peintures et de
broderies merveilleuses.

Au tronc d'arbre primitif, en substitua l'escabeau,
le fauteuil, les siéges incrustés d'or, d'ivoire,
d'ébène, ornés de sculptures et couverts d'étoffes
splendides.

Les Egyptiens connaissaient l'industrie artistique;
ils tissaient et teignaient les étoffes; ils les embellis-
saient de dessins et de broderies; ils fondaient et
ciselaient les métaux ; ils façonnaient les vases de
terre et de porcelaine : Leurs monuments immenses

ornés d'hiéroglyphes, de sculptures, entourés et
précédés de sphinx, d'obélisques, de pyramides,
témoignent, par leurs débris, du degré de leur
science dans l'art industriel et architectural.

Le luxe de l'ameublement était porté, chez les
orientaux, jusqu'aux plus extrêmes limites ; non
seulement ils décoraient leurs appartements de
tentures et de tapis les plus fins ; mais encore, il
les couvraient de lames d'or incrustées de pierres
précieuses.

Pline cite les tapis de Babylone comme les plus
riches et les plus recherchés dans l'antiquité ; ils
représentaient, dit-il, « des assemblages bizarres
« d'hommes, d'animaux et de plantes ; quelques-
« uns étaient peints, d'autres étaient tissés ou
« brodés. »

Caton a payé des couvertures de lit, faites à
Babylone, jusqu'à huit cent mille sesterces, cent
soixante mille francs de notre monnaie.

Aristote rapporte qu'un sybarite fit exécuter
une tapisserie représentant les six grandes divinités
de la Grèce : mais la cherté excessive de ces tissus
fit abandonner leur fabrication.

Les Egyptiens décoraient l'intérieur des temples,
des palais et des maisons particulières, de figures
peintes ou en relief, relevées d'or et des couleurs
les plus vives.

Les Grecs méprisèrent longtemps le luxe des
autres peuples ; ce fut seulement après la mort de
Périclès, qu'Alcibiade, par l'introduction des riches-

ses enlevées à la Syrie, et par l'exemple de ses profusions désordonnées, les fit changer d'usages et modifier leurs habitudes.

Les Romains imitèrent les Grecs ; les ruines de Pompeïa et d'Herculanum nous ont révélé leur système d'ornementation et d'ameublement dont la peinture, la sculpture et la mosaïque forment la base principale.

S'il était possible de donner quelques créances aux allégations des Chinois, la science artistique industrielle aurait été pratiquée par eux à des époques bien antérieures à celles de nos temps historiques ; mais la chronologie de ce peuple est tellement incertaine, qu'il serait imprudent de s'appuyer sur elle pour établir des dates authentiques.

Les premiers essais du luxe industriel ont dû s'appliquer à la confection des vêtements.

La finesse des étoffes était en grand considération chez les peuples anciens : on prétend qu'ils fabriquaient des tissus de qualités aussi belles que les nôtres ; ils employaient à peu près toutes les matières textiles connues actuellement : la laine, le lin, le poil de chèvre, le coton ou byssus qui souvent est confondu avec le lin et même avec la soie. Calmet dit: qu'on fabriquait, avec le coton, des toiles plus fines que la soie et plus blanches que nos toiles de lin : relativement à la soie, il a certainement commis une erreur.

Les Romains ne paraissent pas avoir connu la

manière de préparer la soie et d'en faire des tissus;
c'était par le commerce étranger que leur parve-
naient les étoffes de cette matière ; le prix en était
tellement élevé, que César même, le trouvant
excessif, ne voulut point s'en vêtir.

Vopisque, historien du IVe siècle, rapporte que:
Aurélien refusa à l'impératrice, son épouse, un
vêtement de soie qu'elle sollicitait avec persistance,
parce qu'il devait coûter trop cher.

Les Grecs et les Romains étaient fort habiles en
tissage ; ils produisaient des étoffes brochées et
brodées ; et, suivant Pline et Ammien Marcellus,
on fabriquait aussi à Alexandrie, et dans quelques
villes de la Gaule, des tissus du même genre : Il
est malheureusement impossible de vérifier l'exac-
titude de ces allégations, parce que ces étoffes,
par la difficulté de leur conservation, n'ont pu
parvenir intactes jusqu'à nous.

Les Romains ayant adopté le confortable et le
luxe des nations qu'ils avaient conquises, transpor-
tèrent dans les Gaules leurs usages et leurs mœurs.
C'est alors que les nattes de joncs tressés et teints,
les peaux de bêtes couvrant les murailles, les
meubles primitifs et grossiers des Gaulois furent
remplacés par des tentures, des tables et des
siéges garnis de tapis et de coussins ; et aussi, par
des lits à dormir et de salles à manger.

Pline fait mention de lits d'écaille incrustés d'or
et d'argent, de prix fabuleux, en usage à Rome

sous Sylla ; il dit : que ceux des Etrusques étaient couverts d'étoffes à fleurs.

Les lits de salles à manger contenaient ordinairement trois personnes, quelquefois cinq, mais alors elles étaient gênées. Les convives, couchés l'un près l'un de l'autre, s'appuyaient sur le coude gauche, la tête vers la table et les pieds en arrière. Cette manière de prendre les repas devait être fort incommode et ne s'accorderait nullement avec nos usages actuels.

Aux formes élégantes de l'art industriel antique succéda, pendant l'époque mérovingienne, un style barbare qui remplaça la beauté et la correction du dessin par la richesse de la matière. L'histoire prétend que des siéges d'or massif furent exécutés, pour Clotaire et Dagobert, par saint Éloi, évêque et orfèvre du Roi. Le musée du Louvre possède un des siéges fabriqués par le saint artiste ; mais il est beaucoup à regretter que, suivant la tradition, il ne soit pas d'or massif. (1)

Les temps barbares et le moyen-âge ont laissé peu de spécimens d'ameublement, c'est à partir de la Renaissance qu'apparaissent les beaux meubles d'art dont nos musées sont enrichis. Les artistes de l'Allemagne, de la France, de l'Italie, de la Flandre, luttaient entr'eux d'art et d'industrie pour construire et orner ces armoires, ces dressoirs, ces cabinets, ces siéges, ces lits et tous les meubles de formes diverses, de chêne, d'ébène et de bois

(1) Ce siége fait partie, maintenant, d'une autre collection.

précieux ; garnis d'ivoire, d'écaille et couverts de peintures et de sculptures exécutées par des artistes les plus célèbres. Non seulement ces industriels artistes garnissaient les palais, les châteaux et les maisons particulières, mais encore ils ornaient les temples chrétiens de boiseries admirables. Le chœur de la Cathédrale d'Amiens contient une des œuvres les plus remarquables et les plus complètes des sculpteurs sur bois au commencement du XVIᵉ siècle.

Suivant les manuscrits de Pagès, publiés par notre compatriote Louis Douchet, les boiseries de la Cathédrale furent commencées le 3 juillet 1508. Arnould Boullin, menuisier sculpteur d'Amiens, s'engagea, en 1509, à y travailler moyennant 7 sols tournois par jour, y compris son garçon apprenti, plus 12 écus par an. Le 10 septembre de la même année on lui associa Alexandre Huet, aux mêmes gages et conditions. Les ouvriers employés par ces deux maîtres gagnaient 3 sols par jour. Le total de la dépense s'éleva à 9,488 livres 11 sols et 3 deniers oboles.

Quoiqu'une des stalles porte l'inscription de Jean Trupin 1508, il ne faut pas attribuer leur construction totale à cet artiste qui, suivant Pagès, aurait seulement fait la chaise ou forme devant servir de modèle pour l'exécution de toutes les autres, qui furent achevées le 10 Février 1519.

Pendant les siècles de Louis XIV et de Louis XV, apparurent les styles d'ameublement et de décoration, tout particuliers bien connus et désignés par les amateurs et les collectionneurs sous les noms de ces souverains.

Notre époque, quoiqu'elle n'ait créé aucun style spécial, est néanmoins celle qui a vu naître les plus beaux modèles artistiques industriels.

Epurant et résumant les perfections de ses prédécesseurs, notre industrie moderne offre à la convoitise du monde civilisé : des tapis, de la céramique, des cristaux, des dentelles, des tissus de toutes sortes, supérieurs à tout ce qui a été produit dans l'antiquité ; des papiers peints inconnus des temps antérieurs, des meubles sculptés incrustés d'ivoire, d'écaille, de marbre, de métaux ; garnis de peintures, de porcelaines, de faïences, plus finis, mieux sculptés et dessinés que les plus beaux spécimens de la Renaissance : des bronzes, des armes, de l'orfévrerie, des vitraux peints ; en un mot, toutes les productions industrielles artistiques incomparables ou supérieures à tout ce que nous possédons de ce genre, et qui nous est parvenu des siècles précédents.

Il faudrait plusieurs volumes pour exposer convenablement l'état actuel de notre industrie artistique ; l'influence qu'elle exerce sur notre commerce intérieur et, à l'étranger, sur les marchés d'exportation.

Beaucoup d'industries sont entièrement dépendantes de leurs qualités artistiques ; telles que les papiers peints, les bronzes d'art, les toiles imprimées, les vitraux peints, les meubles d'art, les porcelaines et les faïences artistiques, et toutes productions dont la matière première n'ayant point ou peu de valeur, ne sont recherchées que pour la perfection de la forme, l'élégance du dessin, ou la beauté du coloris.

La nature des hommes les dispose facilement à discuter et à nier le mérite de ceux qui les entourent : il s'engouent aisément de choses éphémères qui, à peine apparues, tombent dans l'oubli. Mais il faut la consécration du temps pour affirmer le mérite réel des savants et des travailleurs. Les victimes de la jalousie, de l'ignorance et de l'ingratitude de leurs contemporains sont trop nombreuses et trop connues, pour qu'il soit utile de rappeler les noms des malheureux artistes ou novateurs incompris qui, abreuvés de dégoûts, succombèrent à la tâche et périrent de chagrin et de misère.

Non seulement les masses sont ingrates envers les hommes, mais elles le sont encore envers leur époque. On reproche volontiers à notre siècle de manquer d'inventeurs et d'artistes de grand mérite ; cependant, lorsque, avec impartialité, sans envie, sans parti pris, on considère la navigation à la vapeur, la création des chemins de fer, la télégraphie électrique et toutes les découvertes ingénieuses récemment appliquées à l'industrie, il faut bien reconnaître que jamais la science et les arts n'ont été portés à un plus haut degré de perfection et d'intelligence.

Notre statuaire a produit des chefs-d'œuvre qui ne laissent rien à envier aux plus beaux modèles de l'antiquité ; et, parmi nos peintures modernes, si la majeure partie, à cause des exigences du temps, est composée de tableaux de genre, quelques unes, cependant, comme celles de l'hémicycle des beaux-arts de Paul Delaroche, les tableaux et les plafonds d'Eugène Delacroix, les fresques d'Hippolyte Flandrin et les productions d'autres artistes aussi éminents, ont atteint les limites de la perfection, sous les rapports de la pureté du dessin, de la richesse de la composition et de la beauté du coloris.

Ce qui constitue surtout la supériorité de notre époque, c'est la vulgarisation des sciences, l'épuration du goût et du jugement agissant sur les artistes et les manufacturiers et élevant l'industrie française artistique au dessus de celle de toutes les puissances ses rivales qui, jusqu'à présent, n'ont pu parvenir qu'à être ses plagiaires maladroits ou ses imitateurs inintelligents, sans art et sans génie.

La puissance des moteurs et la perfection des machines permettent de produire presqu'instantanément des quantités illimitées de marchandises courantes ; et la manutention des métiers à la mécanique a été rendue si facile que, dans un temps plus ou moins rapproché, tous les peuples fabriqueront ce qui leur sera nécessaire : l'exportation alors sera réduite aux objets de goût, de luxe et d'art ; et, les nations dont les institutions libérales auront vulgarisé l'éducation intellectuelle et artistique, tiendront seules le premier rang dans les opérations du commerce international.

Notre industrie marche à la tête du mouvement artistique : il faut qu'elle maintienne sa suprématie sur les autres nations ; et surtout qu'elle ne perde pas de vue que l'art industriel est la gloire, la richesse du commerce français, la vie de nos manufactures et le bien-être pour tous nos travailleurs instruits, laborieux et intelligents.

Amiens. — Typ. H. Yvert.

www.ingramcontent.com/pod-product-compliance
Lightning Source LLC
Chambersburg PA
CBHW061631180626
46818CB00005B/2332